时间纪念自己

陆文伟 著

暨南大学出版社
JINAN UNIVERSITY PRESS

中国·广州

图书在版编目（CIP）数据

时间纪念自己／陆文伟著. —广州：暨南大学出版社，2020. 11
ISBN 978 - 7 - 5668 - 2967 - 2

Ⅰ. ①时…　Ⅱ. ①陆…　Ⅲ. ①诗集—中国—当代　Ⅳ. ①I227

中国版本图书馆 CIP 数据核字（2020）第 176103 号

时间纪念自己

SHIJIAN JINIAN ZIJI

著　者：陆文伟

出 版 人：张晋升
策划编辑：杜小陆
责任编辑：黄志波
责任校对：黄　球　黄晓佳
责任印制：汤慧君　周一丹

出版发行：暨南大学出版社（510630）
电　　话：总编室（8620）85221601
　　　　　营销部（8620）85225284　85228291　85228292　85226712
传　　真：（8620）85221583（办公室）　85223774（营销部）
网　　址：http：//www. jnupress. com
排　　版：广州良弓广告有限公司
印　　刷：佛山市浩文彩色印刷有限公司
开　　本：787mm×960mm　1/16
印　　张：11. 625
字　　数：160 千
版　　次：2020 年 11 月第 1 版
印　　次：2020 年 11 月第 1 次
定　　价：49. 80 元

序

　　文伟是我念大学中文系时的同班同学，最近，他将创作于2016—2020年间的主要新诗（即现代诗，又称白话诗）作品结集为《时间纪念自己》，即将付梓。他将诗集文本上传到班级微信群内，供大家评骘，并郑重地索序于我。我自忖早年与大多数中文系学生一样，有过一段对现代诗入迷的经历，但已"洗手"多年，如今虽依然极喜读书和舞文弄墨，但绝非可以托序之名流，故踌躇未敢应允。文伟为鼓励我知难而进，乃说这序可以随便写，甚至可以对他的诗作大加鄙薄，不必为谀辞而发愁，我这才答应。答应之后，随即心生悔意，奈何碍于同窗情谊，只得硬着头皮践约。

　　就我记忆所及，文伟年轻时似乎全心热爱体育、武术、健身之类的有益运动，他是光明开朗的珞珈少年，皮肤虽偏黑，却与忧郁无缘，不曾染上所谓的浪漫病、世纪病，吾等也未闻他有过写诗的爱好。当然，也许他每天夜里躲在被子里，打着手电筒练习诗艺，未曾可知。故前些年他在微信群里开始贴出诗作时，我非常惊诧，也颇不以为意，料想他是赶热闹、遣光阴，不会持久。我甚至说了一句恶毒透顶的"格言"：老来习诗，犹如在枯水季节投河自尽，虽不至于丧命，但必定留下终身残疾。但事实上，他真是执着于写诗了，贴出的频率也越来越高，有时一周几首。

　　但同学们的反应大都很冷淡，言语之间含讥带刺自是难免。大学时代过去了近四十年，当年的小伙子大姑娘都快退休了，有的身居高位，亦不乏腰缠万贯者，普遍是小康境况，功名多少皆有所成，大家都习惯了干"正经实事"，厌恶忧愁幽思、苦闷呻吟、有碍发达的那一套，这是自然的。而且，文伟还有个"毛病"，有些同学路过他所在的小城市，他屡屡公然拒绝摆宴"接驾"，故其诗不能取誉于同门亲近，唯希垂声于隔叶遥世。在寥寥无几的给予文伟诗创作以鼓励的仗义好汉之中，我是一个铁杆点赞者。不过，我并不完全是出于对诗本身的欣赏。我历来以与群体相异为本分，以"抬杠"为乐事，看到同学们都不待见文伟的诗，我就要力挺，这是唱反调上瘾者必须有的态度。但是，我支持文伟写诗，还有更深的感触在起作用。

文伟老来作新诗，与我的兴趣历程完全相反，却勾起了我的一番念想。我自信在新诗创作方面是文伟的先进，他大概也没异议。事实上，在大学里我几乎对现代诗走火入魔，它的这种无边自由的形式，使我的想象和情绪有了一个宣泄的出口。最初，受到课堂和教材的误导，以为写诗就是随意的"我手写我心"，无须训练，不用技巧，我将分行的句子涂满了一本又一本笔记本，自谓今之诗人皆莫吾若也。不过，强烈的求知欲使我保留了一丝理智，使我不至于发狂。我稍后学成几种洋文，大量阅读并翻译过不少西方现代派的诗作，比如，在法国象征派那里，在奥地利诗人里尔克等人那里，尽管表达的是不同于古典主义和浪漫派的现代感，但他们依然保留了诗歌固有的形式，有音节、用韵、诗行、诗体等诗法上的严格限制。而现代诗或新诗在中国的历程却是脱缰的野马，除了为数极少的几个流派的若干诗人不成功地探索过新诗的规范，绝大多数诗作者为投合广大读者的喝彩，都认定新诗不需要节奏、押韵、行字与行数的限定，似乎只需胡乱分行即可。1994 年，我出版过个人诗集《罂粟花与情歌》，那些诗基本上也是传达情绪，尽管保持了一定的克制，但同样也没有任何诗法讲究。基本规范的不在场，会引起一个根本问题，即无从评判诗的好坏，或者说，好坏的标准都是主观的、内在的、随意的、自我的。文伟的诗也是如此，纯粹就意象表达而言，当然是达到了相当的造诣。不过，若是从 L'Art poetique

（诗艺）或 La poetique（诗学、诗法）来看，从诗的音乐性来看，他和我都没有从新文化运动之后的新诗源头继承什么，更谈不上有意识的探索。

当黄昏的那盏灯已开始走来
群山就很快说不出话
喝了酒的风，吹醉了所有的云朵
鸟飞得很急
还有几声鸣叫，淹没了大地的声音

好不好？漂不漂亮？不比当今的任何新诗差吧。但是，这无非分行而已，或者说，只有一般文字皆有的建筑性，没有诗体本质特征的音乐性。中国古人说过"登高能赋，可以为大夫"，可见写诗有一个"能"的要求。德国莱辛在《拉奥孔》里专门论述了诗与画的界限，也就是音乐性与建筑性的区别。为什么必须有这个标准？我看有三个理由：其一，诗不仅是表达的工具，也是技艺比试的领域，大凡技艺皆有自己的门槛，与大众的民主权利没有直接的关联；其二，规范既是制约，也是一种方向感，它可以让诗人本身有"群"的归属，能够产生文学流派的自尊感；其三，诗法规范的全部丧失，人们轻松地将写下的每个"念头"等同于诗，必定会引起创造力的滥用，最终导致诗歌本身的污名化。

但这些看法并不影响我对文伟作诗的肯定。我愈近晚暮之龄，愈是固持一个观点，即认为诗歌是最生态、最节俭、最没有"用途"，因而也是最道德、最美好的生活方式。写诗是一种宁静，是一种收敛，是一种凝视，它不占有、不贪欲、不侵犯、不毁坏、不消耗，也不浪费任何天物，更不会伤害人类。诗是一方圣土，是文化人的固有田园。陶渊明为什么被称为古今诗人中的第一高贤？因其赏菊、饮酒、吟诗之时便做到了有所不为也。

作为一个早已回归旧体、对新诗充满厌恶感的过来人，我对文伟的状态心生羡慕。收在这个集子里的新诗有100多首，是他在这几年写的。他尚未退休，还担任部门重要职务，这几年笔耕不辍，实属不易。其中有不少诗已在地方刊物或新媒体上刊发过了。他喜欢投稿，喜欢看到自己的作品被平台采用，还保持着初入道的少年心情，这种执着和勤奋，这种心情的纯净，我表示由衷的佩服。同时，我也自感惶愧，因为我深知这是一种极其珍贵的心境，但我早已失去，而文伟却在枯水季节抵达河流，不仅没有受伤，而且在那空灵的河滩上粲然朝我们微笑。从心路历程的表达上讲，我很欣赏他的诗作，大多数诗具有内在的现代感，比喻之切，意象之美，较为符合我当年对现代诗的理解。比如这首《岛的联想》：

像婴儿
睡在宽大的床上
海摇晃
水的玻璃上白云来回擦拭
你的梦洁净
永远高于海

再如《当风经过》《那一朵火焰》《在天空的上面》《桥在河流里流浪》《时间纪念自己》《道路的根》等，许多诗作在喧嚣的尘境里自结一片片梦想和追忆的蜃景，文字上反映了名校中文系学子的功力，都是令人欣赏的佳作。

按我的理解，序应是一种批评文体，而我自青年时代起就不愿在任何事情上以胁肩谄笑为荣，至今其犹未悔。哪怕我今后云游到南方去的时候得不到文伟的接风款待，我还是要再次说出自己在班级微信群里多次表达过的意见，即文伟的诗有两个明显缺陷：一是对现代诗浸润未久、不透，不知现代世界的危机在近两个世纪以来的诗中已得到何种程度的表现，潜意识和梦境开掘尚浅，似身在套中未全挣出。其诗过于理智，有意追求哲思和清晰，排除了许多含糊的情感的波谱，未能放胆抵达隐秘的精神深处，因而现代性还不能使人读来有切身之感。二是由于长期在政府部门工作，且以政论文稿为业，故诗句的逻辑性太强，排比句式过多，连接词的使用也过于频繁，反映了某种形象思维的僵化和游戏冲动的萎缩。不过，当我这么说的时候，我也是在作自我精神分析，甚至发觉热泪渐湿了枯涩的眼睫。

在这鼠年新春前夕的寒夜里，南方天空下流行疫病正在肆虐，我静坐在蓝黑的窗前，一边再次吟诵文伟《花开》中的美丽诗句，一边回想我和他在珞珈山上度过的青葱岁月，仿佛他还在球场上生猛地蹦跳，而我拿着一本旧书，站在楼前看着他开心地玩耍。

当你剩下最后一片花瓣
我突然感到最疼的怜惜
当你老成果实
我突然哀伤无语

诗集既是薄薄的一册，我也不能够多写了，就此打住吧。要相信读者，更要相信时间。我直到现在还不太明白"时间纪念自己"这个书名是什么意思，但正因为它没有遵从严格的语法和逻辑，我才敢肯定它是真正的诗语。可惜，我们的勇气太弱了，而且光阴迅疾，不容许我们像当年那样决然地离群独往。诗即是与众不同，即是在平庸、腐朽和麻木的沥青之中萃取镭元素，小小的它将闪射出非凡之光，如同一线迷人的眼神。

是为序。

陈刚（弱斋）

2020 年 1 月 22 日夜于宜昌

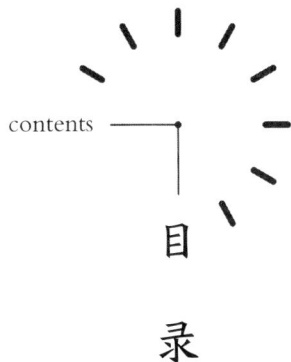

contents ————

目 录

第一辑

眺望光阴

枫叶，是季节的谎言
季节，是天空的花瓣
天空，是时间的岸
时间，是回不去的故乡

致新年

新年，把凛冽的玫瑰

插在岁月的发辫上

完成了一次上妆

之后，风很高

季节站起

日子新鲜

昨夜醉了的酒又芬芳

给四季辙印起个浪漫的名字

碎裂的时间幕布

围裹着冬天渐已瘠薄的身躯

日子的缝隙处，歌声滑涌

岁月布景更改

阳光拐弯

泥巴道路上，春摇晃着

正在聚会的青草

仿佛将盛大游行

我们踮起脚尖

在岁月那堵墙边上，张望

长高的我们

全像孩子，墙外

群鸟凌空而过已不停留

道路转向

我们相约

重建天空与爱情

（作于 2016 年 12 月 19 日）

眺望光阴

麦地已收割
原野在松弛
野菊在祭奠
村庄将安详

云，缠绕山腰
风，抖动衣裙
路，在乱跑
牛，都迎向炊烟

溪涧的流淌饥饿干瘦
鸟的飞翔已渐枯焦
落日的转身涨满幽怨
行人边走边衰老

枫叶，是季节的谎言
季节，是天空的花瓣
天空，是时间的岸
时间，是回不去的故乡

（作于 2016 年 12 月 25 日）

回　家

从前
总以为，云就是天空
云很近
山的那边，就是云躲藏的地方
于是，我赤着脚追逐云的飘荡
后来
才知道，天空就是云
天很小
而飞鸟却很大
当飞鸟不在
天真的很空
于是，我想回家
但生命已花开

（作于 2016 年 12 月 30 日）

清明这一天

这一天的路，很短
村庄旁，青山很近
你只需轻轻走过草地就能到达
在一堆土的面前

这一天的风，很高
鸟不会飞远
而风可以吹伤人
好像有一粒沙子吹进你眼帘
四月的风景潮湿起来

这一天的时光，很轻
有一半属于天上
另一半属于地下
日子对折着留下了痕迹
悲伤的事看起来也很幸福

这一天的记忆，很淡
有些事你记住了却说不清楚
有些事你忘却了偏偏认真起来
你的呼唤很远
你的心跳很慢

这一天的话，很少

你模糊了生与死
你混淆了过去与未来
你的倾诉很轻
你怕你的话总是重复

这一天的事，很简单
只关于一个童年
只关于一朵云彩
只关于一丛野花
你只要轻轻咳嗽一声
说，我来看你好吗
你只要俯下身躯
就可闻到家的味道

这一天的愿望，很痛
你很想让孩子真的认识几个名字
你怕土堆的草会长得太高
你怕停留的时间久了
风会乱
发更白
你最后说了一句
"在这里好好的，我下次再来。"

（作于 2017 年 2 月 23 日）

有一种距离

有一种距离，是远远地注视
因为这样
你才会看到风吹过草地
你才会看到帐篷搭在云朵上面
于是，你的心才变得辽远

有一种距离，是静静地倾听
因为这样
你才会听见花开成果实
你才会听见幼鸟的翅膀抖动着天空的胸腔
于是，你的梦总像是新的

有一种距离，是轻轻地忘却
因为这样
你才会看到雨丝飘过青山
你才会听见月色渗透夜空
于是，你的梦就长满根须

（作于 2017 年 2 月 27 日）

随　想

当鸟看着自己的床
突然，我懂得了诗

当夕阳走下天空
突然，我懂得了道路

当月色浸润石头和蔓草
突然，我懂得了怀念

当花开剩最后一瓣
突然，我懂得了疼惜

当红蜻蜓停在庭院的竹尖上
突然，我懂得了童话

（作于 2017 年 3 月 8 日）

黄昏，有鸟飞过天空

当黄昏的那盏灯开始走来
群山就很快说不出话
喝了酒的风，吹醉了所有的云朵
鸟飞得很急
还有几声鸣叫，淹没了大地的声音

天很高
远的很近，近的很远
很深的鸟
钉在天幕上
飞不过那片云
飞不过那座山峰

鸟的道路无须有尽头
不用回家，天空是床
鸟是种子
就埋在天空的土地

（作于 2017 年 3 月 13 日）

角　度

黄昏时，天际烧红
风，很硬
撞击落日，溅起一片烟尘
回声的色彩，深延

暗夜里，白光闪烁
风，很忍耐
刀子一下一下
刮割起东方的亮色

河流上，浪涌奔逐
风，很野性
两手挥摆
用力拧扭河水的布条

山崖边，群峰很瘦
风，却很饥饿
不待喘息，反复扑咬
岩石身上齿痕早已模糊

空中，天的身躯肥壮
风，还是很神气
脸色一变就按下天的头颅
把它缩挤进地平线里

风，没有眼睛
风，脾气很坏
风，命运之手

（作于 2017 年 3 月 19 日）

春雨的样子

细巧圆润的东西
总有明丽的容颜
飘逸的身姿
也仿佛不知疲倦

在最深的安静里
任何东西都不惊不慌
只有窗户的玻璃上
几道印痕
像倒挂的河流
时光落下的浮尘
变得若隐若现

当天边那片灰云背后
泛起白色的虚光
它居然悄无声息地隐遁而去
我仰望了一下天空
还是看不清它的来处

那些小的轻的事物
我相信是长久的
像花开剩最后一瓣
蒲公英飞得如蝴蝶般
渡过对岸
云朵，传来滑动的声音

（作于 2017 年 3 月 19 日）

路　上

从前，走着走着
世界好像越来越新、越来越大
许多的人名，很陌生
许多的地方，很繁华
许多的故事，很神秘

后来，走着走着
世界好像越来越旧、越来越小
许多的人名，很熟悉
许多的地方，很安静
许多的故事，很枯燥

许多的风景
被眼角难以觉察的潮湿模糊
许多的喧嚣
被浓浓的睡意挡在耳外
许多的感动
被有规律的心跳提防

走着走着
觉得白天与黑夜交替无甚意义
任何时候
风跑得比时间快
而时光始终停留在肩上

困在道路旁的蜘蛛网里

我甚至怀疑

从来就没去过远方

（作于 2017 年 3 月 21 日）

花　开

比起所有的青草
只要一丝颜色
就已是最艳丽的容妆
比起所有的飞鸟
只要还挂在枝头
就是最安静的飞翔
比起所有的声音
只要还在绽放
就是最美妙的乐曲

当你剩下最后一片花瓣
我突然感到最疼的怜惜
当你老成果实
我突然哀伤无语

从此
我用独特的相思
喂养幻想

（作于 2017 年 3 月 22 日）

春天，看柳

是有一些东西
把春天夸张起来
绿，总是肆无忌惮
艳，也千娇百媚
连丰满，都要解开纽扣
阳光肥美
得意的，窃喜的，张扬的
春天的样子很炫耀

是画，总要守黑留白
安静的柳树，像回避什么
眉梢眼角间，掩饰着些许不安和惊慌
低着头，神情满足而谦恭
摇晃着春的摇篮
一个老者在讲故事的深刻模样

当一阵浩荡的风
被它深情执手牵引而来
我看到它的深阔
当一场绵长的雨
被它轻柔拨洒弥漫
我感到它的柔肠
当一只滑翔的鸟
被它舞动回旋

我深信树也有翅膀

花，春的眼
柳，春的心

（作于 2017 年 3 月 23 日）

向青草表示有限的怀念

拧挤出

青山、溪流、村庄

榕树、古井、池塘

这记忆海绵里的水

你的故乡，却仍饱满

当然，你在怀念青草

曾经缤纷的日子

背景碧绿

青草织编摇篮

浓绿转浅黄

繁盛转干枯

过程简洁天然

青草，高过你的梦

青草虚弱

注定被忽略

自顾自安分

注定来于泥土

只懂虫鸣的乐曲

注定是庸碌

只能覆盖起田野

照耀天空

其实，你也怀念青草

（作于 2017 年 3 月 28 日）

感　动

他自信满满
认为老人习新诗很简单
说，不虚构也可写出味道
不夸张，也能意境高远
诗要留白，几笔素描

他说，他不写梦
他认为，远方是狭窄的事物
他从没遵从书上关于生活的教导
也没有过上它所描述的生活
他说，在回忆里自己习惯吹牛
偶尔的梦，都显得瘦弱
他说，他不写爱
他怀疑，那是没有答案的作业
一扇没有锁的门
有一个人推门出去了
剩下他
始终做不对心理的填空题

他说，他不写美丽
他相信，翅膀留不住风
美是短暂的遇见
所有美的故事
从来就剩余足够的枯燥

他还说，不写季节
不写故乡，不写……

后来
许多人动情地在他面前说
你的诗写得真好
他，居然感动得
泪水直往眼眶里面流了进去

（作于 2017 年 4 月 1 日）

遇见你的白发

阳光回到花蕊
云朵回到水滴
飞鸟回到旧巢
如果能够
回到你白发的来处

白发很远
一根一根连起
就成了前生的路
白发很滚烫
熔解乌黑而成的光亮
就是曾经繁华的烟火
白发很明媚
用旧了的时间
凝结成水晶

天空可以在水里飞逝
星星依旧住在风里
波涛击溅，浪花散起
江河依旧辽阔
一个小孩把时钟拆卸
日子依旧嘀嗒着行走

回到你白发的来处

我开始数数

一小时，60 分钟

一天，一年

一根，一丝

白发，母亲般的气息

从此，喂养我最疼的怜惜

（作于 2017 年 4 月 21 日）

躺在收割后的田野

时光凉
风硬
阳光粗糙
擦揉着胸膛
夏日的喧嚣躲进泥土里
田野松弛
裸露出事物繁盛过后必有的肃穆与安详

羊一般的云朵
啃嚼着时间的阴影
季节拍着飞鸟的翅膀退回天空
身旁，雕塑般的牛群
使时间缓慢下来
偶尔眨了眨无欲无求的双眼

一缕炊烟　弯曲
缠绑田野
挥驱牛群
田野
种植村庄

（作于 2017 年 6 月 14 日）

遗 落

走得急疾
走得太远
溪流放下行囊
提绳拽住自己

一泓清潭，弯曲，沉静
朵朵浪花被按压
风在幽蓝上的绘画
被阳光不停地涂删
溪流在驿站停歇
清潭自覆
水里的昨天、明天
仍是同一天空

像睁开的时光的眼睛
草丛中一朵野花盛开
蝴蝶在舞蹈
飞鸟移动着黄昏
游动的青山脊背上
看！金黄的指环

（作于 2017 年 6 月 22 日）

暗　恋

像一只鸟划过天空
一道伤口，听不见
疼痛，一截留下的风

它是一片时光的雪覆盖的脚印
一段岁月的旧丝绸
一条河流上永远停泊的船

（作于 2017 年 7 月 21 日）

从 此

今天开始，用溪流的绳子
打结起鞋子模样的清潭
并澄滤去所有的沙子
在天空的倒影中
谛听鸟的飞翔

今天开始，用波平如镜
刻下风的形状
看反过来的路上，风能否吹对方向
在一寸光阴的静止里
看幸福能否停留
看时光的补丁
能否缝进沧桑的衣裙

今天开始，用缓缓的流水
写诗，边写边消失
让词句干净
让意境包括全部的村庄、道路和渴念
让山中寺庙的钟声
养育所有的情思

（作于 2017 年 8 月 2 日）

成　全

远离风
风的锋利牙齿上紧抿起蓝色的嘴唇
只要低它一大截
头低入胸膛，甚至低进泥土
青草的行姿踏实安详
之后，奔马之心浩荡
马头琴也远走他乡

远离天空
天空中没有鸟的安睡
天空的尽头也从无鸟的割据
既然心中喂养不起鹰
就做一只蜻蜓
不高于荷塘，不高于村庄
干枯的飞翔有尖尖的竹竿作为床

至于河流
也不要靠近
河流的脚印都不是归家的方向
所有的流水亦不知何时到达海洋
就当自己是自己的驿站
作为路人，也被无数人路过
当然，更要远离渡口

渡口，渡人、渡物、渡时光
一阵风过去，一阵风过来
等候的该来，不一定会来

（作于 2017 年 9 月 14 日）

所　幸

天空不空
何来鸟的形象
鞋子不倒出沙粒
何来路程的意义

河流不在至阔处
何来阳光被风化
青草不低首
何来浩荡天涯

镜子不旧
何来容颜更改
爱我的人不离去
何来使她因此幸福

（作于 2017 年 10 月 23 日）

怜 惜

哪怕在我很烦躁又忙碌的时刻
她也常呆呆地看着我
目光温顺
嘴里重复着不着边际的话
好像要表达某种意图
这个独立倔强惯了的人
突然谨慎慌张
内心的火苗隐约闪烁

时间在追讨她
剥夺她这么多年在我面前的骄横
取消我对她已习惯的迁就
这个与我生活多年的女人
我早就知道她只是个孩子
现在她头发稀疏、健忘
我接受她对我感情忠诚的打量与猜忌
我懂得沉默在一些时刻是如此无助

但我绝不让她知道
她的衰老让我手足无措
我无法看着一朵花开剩最后一瓣

(作于 2017 年 11 月 6 日)

依 偎

对了，就是这片田野
它种植着这个村庄
一条小河，一方鱼塘，一棵榕树
——在故乡的门口，我双腿笨重

收割后的稻田里
静卧着雕塑般的几头牛
把时间缓慢下来
它偶尔眨了眨的眼睛
布满着秋的风景
天上羊一般的白云
啃嚼着季节的阴影
我无法发问
"你喂养的村庄可还安详？"

对了，就是这缕炊烟
——在故乡的门口，我长久地凝视
炊烟比我记忆中粗硬
像根绳索，很重
被淋湿了似的
这么多年捆勒我身体的它
就是这般模样？
啊，记不起了

此刻，我没有疼痛

有炊烟，不就是有女人在做饭？
有炊烟，不就是有孩子围绕在灶台前？
村庄啊，你应该会幸福

这里，有一座房子是我的
这里，有一条小路通往母亲的胸膛
我的头，已紧紧地依偎

（作于 2017 年 12 月 2 日）

假　想

奔流到海洋是奢侈的
一滴露珠
打湿黎明
总在扛着太阳升起

在天空飞翔是贪婪的
一只鸟
卸下羽毛
行走在大地

河流上有船驶过是幸运的
一个码头
反复放映自己的默片
让飞在水里的天空从不走失

抬头仰望星空的姿态是优雅的
一个盲人
用手遮住额头
像在幻想天空的样子

（作于 2017 年 12 月 22 日）

时间的伫立

河流总在渡口前柔缓
天空总在鸟巢上生动
村庄总在古树后安详
经过中年的幸福
就是常常伫立在那古树下

树很重也很轻
像拄着的拐杖
弯曲着撑起年龄
仿佛沙沙流淌的声音
时间漏下
时光的影子走过
遍地都是它的碎片

还有，想知道
树叶落下，是谁带走
众人散去，是谁留下
什么来过离去了
什么离去又回来

顺着吐出的烟雾飘去的方向
朦胧的目光里
村外的道路怎么越来越短

风吹满了山冈
有些东西一定已去了远方
包括青梅竹马之类的故事
我懂，时间的形状
像这棵树，站着

其实，我从没去过远方
其实，我在别人的方言里
回到故乡

（作于 2018 年 1 月 31 日）

最短的路

时光穿起白色的长裙
风递出刀子
把天空层层浓厚的妆容剥落
雪里阳光也在风化

时间蜕皮
大地峰峦间褶皱清晰
枯瘦的河流
一面打碎的镜子
散落一地

所有的白天都被提前
夜幕的手迅捷一闪
鸟鸣已凝挂在树梢
日子很短
如一朵云从这边飘到那一边
我发现
所有的叶子
其实都正在奔向天空

（作于 2018 年 2 月 3 日）

最长的一天

春节这天的到来
不容分说且神情夸张
来路很远
桥走了又走
船乘了又乘
还有一件缝着许多补丁的衣裳

如电影镜头的定格与切换
这一天时间对折
上一章故事留下悬念
用旧了的时间又在轮回
就像相信海潮退却后总会吐出沙滩
雨水降临后种子总会生长
漫长黑夜后总会诞生白昼的婴儿
所以相信错过的不是遗憾
所以相信幸福已经停留

当帆船驶过，河流幸运
这一天注定成为岸
在时间的渡口
天空不会在水里消失
就算流水干枯
河床上也吹着腥味的风

（作于 2018 年 2 月 13 日）

驿　站

当我朝向暮色

需要穿过自己的影子

身后瘦长的黑暗散乱

我明显看见自己时间的根须

正漫越向远处皱褶的山谷

晚钟渗进石缝

云像没有靠岸的船

滑向如一张发黄稿纸的时间背面

夕阳瘫坐在西边的椅子上

双手忙着撑起黑色的巨伞

黄昏被托起

风的方向模糊

此时在我眼里

天空已是金黄的哲学

写满关于升起与躺下的结论

光滑的夜的脖子上

挂着钻石项链

湖面镜子打开了

囚禁在里面的月亮

依然拒绝上岸

我真的悄然爱上

大地那片洁白的寂静

原来在我睡乡的居所

竟是可以铺满这样晶莹的粉末

（作于 2018 年 4 月 9 日）

那一天
——纪念汶川地震十周年

那一天，碎裂殷红
黑色的巨响震撼国人的心肺
"5·12""14：28"
时间的骨头折叠
数字的形状凝固
就像母亲身上巨大的伤口
血，渗涌
消逝的生命的数字
已痛得无法念出

那一天，昂然不屈
时间就是生命
救援就是天职
废墟上子弟兵身影最早出现
还有
十三亿悲痛的眼睛在凝视
还有
万万千千双手在伸出
天灾中汶川倒下
但一个民族的脊梁却始终矗立
悲壮坚毅

那一天，深长辽阔

汶川不哭

汶川雄起

系上突如其来的黑纱

黄皮肤的人群手牵手、臂挽臂

站立成一个 960 多万平方公里的圆

圆内耸立两个大写的字——家园

众志成城

再大的风雨也带不走阳光

守望相助

民族心灵的沃土上

生长着一朵洁白芳香的花

永不凋谢

（作于 2018 年 4 月 27 日）

当风经过

青春是划过的风
青草波涛
以风为马
你说要到达一个地方
名字叫将来
于是道路升起
蹄印踏遍天涯

后来，在远方
你和幸福搂搂抱抱
可你说，靠得太近
无法看清幸福的全貌
不经意间
你满脸泪流

最后
你被命运悄悄告知
幸福就是鞋子的形状
里面的沙粒就是幸福的分量
此时，黄昏已蛇一样游动
青山退隐
一些月光经过风流入河流
一些树在天空的土壤里倒栽

你回看来路

笔直的已走成弯弯曲曲

今日的流水流过昨日的船

当然

风已经过

时光用旧

其实，所有的青春

都没有故乡

（作于 2018 年 5 月 1 日）

第二辑

在天空的上面

我证明了天的高度

没有鸟的天空

真的很空

而时间可以倒流

水里的昨天与今天

仍是同一天空

同 窗

它是一种注定
你从来都不曾后悔
也不能拒绝被安排
在你的最初
在你的出发地
在你还没有诗与远方的时候

它是一种陪伴
是为了离别的陪伴
就像风吹皱起湖面
你找寻不到它写下的笔迹
但它曾路过
就像鸟在天空
看着自己的旧巢

其实，它只是一种见证
像家乡村口的那棵榕树
已成为时间的形状
你的所有生长
可能只要这唯一的证明

（作于 2018 年 5 月 13 日）

听 海

就只是一片蔚蓝

当漫不经心眺望风

海就遥远

它所有的变幻不定

也装饰不了这简单的容颜

漂泊在天空里

海从来没有离开家园

其实,应该倾听

倾听阳光如何抚摸光滑

倾听鸟群的回音如何肃穆深长并被吹灭

倾听所有的浪花毫无倦意挥霍着哀伤

岸边,巨大礁石

沙滩上,潮起潮落

晚霞压低青山

夕阳走下天空

像极了一幅旧挂历

(作于 2018 年 6 月 1 日)

那一朵火焰

我不关心——
朝阳如何消失在露珠里
夕阳如何燃烧黄昏
星光如何划过夜空
我只想凝视那一朵火焰
仔细看清它真实的容颜
它的来处，又将成为何物

那一朵火焰的神情
温驯、雍容又不安
它分明是疼痛的
不时地跳跃、扭曲
甚至哭泣
在幽暗的背景
这样的燃烧
过程从不繁华

我的童谣在这朵火焰里生长
时间的燃烧
没有重量和色彩
我无法把它包裹和刻画出来
它那纯净而忧郁的光
暖暖地铺在我的胸前
我耐心等着火焰的溃散

在这朵火焰里

一半是燃烧后的结束

一半是涅槃后的开始

中年，必有锋利的时光

（作于 2018 年 6 月 11 日）

时间流逝的声音

如此的唯一——
有形状、色彩、重量，甚至温度
如此的意义——
一切都是遗言、遗弃与遗落
一切都是重复、开始与生长

可以深长——
像星光溅起在大海上
可以柔美——
像潮水漫越过沙滩
可以轰鸣——
像火焰刺破天空
可以辽阔——
像青草浪迹天涯
可以嘹亮——
像无数露珠闪烁朝阳
可以苍凉——
像岩石屹立在旷野

还有许多——
在展开的花蕾里
在码头播放着的默片里
在干涸的河床里
在种子的欲望里

在幼鸟震颤的翅膀里
在风的方向里……

在清晨的彩虹面前
我听见美好
——"路过爱情，路过幸福，路过今生"
在回望黄昏身后的影子中
——那尾随着的野兽
用悔恨折磨着我
我听见叹息
——"学会倾听，学会回忆，学会遗忘"

我听懂了它的语言
但我旧了

（作于 2018 年 6 月 15 日）

遇　见

如果天空没有遇见飞鸟
如果河流没有遇见帆船
如果天涯没有遇见漂泊
如果海洋没有遇见星光

如果人生不是旅途而是归程
所有的道路已反转过来
风，就一定吹对方向
一切的遇见就是重逢
一切的相欠就能偿还
故乡一定在远方
幸福一定不会躲在未来

如果你在等我
我会带回阳光
我会带回故事
我会带回酒香
如果下一个轮回

（作于 2018 年 6 月 23 日）

在天空的上面

在河流里学习飞翔
水不是风
水是经过我的地方
天空行走在水里
我飘在天空的上面

水里的天空很浅
我听到它坍塌的声音
我的翅膀没有风的痕迹
风不是水
风是经过时光的地方

我证明了天的高度
没有鸟的天空
真的很空
而时间可以倒流
水里的昨天与今天
仍是同一天空

一朵云把我覆盖
我不是梦
我是幸福经过梦的地方
天空有岸
飞翔也有了道路

（作于 2018 年 6 月 24 日）

苗壮的节日

"七一"是一颗种子
在有五千年文明历史的国度
生长成一个节日
它的名字叫希望

"七一"是一盏长明灯
那一团不灭的火
将中华儿女的热血点燃
古老的民族走出漫漫长夜
前行的道路红旗飘扬

"七一"是一朵绽放的鲜花
历尽艰难曲折沧海桑田
每一个中华儿女的脸庞洋溢起自信
强起来的民族风采绚丽

"七一"是一首雄壮的交响曲
千里之遥从嘉兴南湖走来
如一轮朝阳磅礴东方
今天复兴之路的再出发
生命为舟，初心作桨
信念闪耀光芒

（作于 2018 年 6 月 30 日）

听　月

黄昏退潮
时光流转
鸟群像灯一样熄灭
在高耸而克制的月亮里

一条薄薄的绸缎
覆盖了人间最低的尘埃
所有的冥想在旷野跃动
幽暗浮荡起饱满的欲望
寂静从夜的深处袭来
也有一阵浩荡的轰鸣

月亮分明心思诡异
总要让每个人的幸福很疼痛
于是自己成为一颗药丸
总要锁住所有的酣睡
于是每个人的梦总有青涩的苦

星星，羊一样的眼
看着看着你，就落了下来
你身旁的山寺
传出几声喑哑的鸣蝉
像敲着最小的木鱼

其实
每个人都悄然爱上夜晚
所有的白天都是时间的影子
黑夜给你花开一样的月亮
是为了让你找到回家的钥匙

（作于 2018 年 7 月 31 日）

抵　达

干涸的河流
有着颂歌般的特质
尽管已少了一片青山的缠绕
少了彩虹倒进浪花
以及繁星满天
被流水煮沸了的月光

腥味的风
在岸边弥漫
几块岩石
骨头似散落河床
像卸下了羽毛的三两群鸟
优雅地行走在浅滩

一定是的
流水已完成抵达
河流的手才松开它的掩藏
这条被解开的人世间的绳子
到底捆绑过什么
一条船的残骸
为何墓碑般斜插在草丛中

（作于 2018 年 8 月 19 日）

下　午

时光柔软地转身
风熟透
都是村庄的味道
花朵不再完全开放
草丛中抖出了几只蜜蜂

茂密树叶里光线沙沙落下
池塘边的竹竿上蜻蜓在停留
翅尖上挂着一个饱满的黄昏
你穿过自己拐了弯的影子
模样很幸福

此时的你如此温柔
——目光向远，面对人间烟火
时光正退回天空
你似乎等着
很空的天空
正在要取回什么

（作于 2018 年 8 月 23 日）

青草的味道

青草编织成摇篮
童年缤纷
青草喂养的相思
散发着奶香

拧挤记忆的海绵——
溪流、榕树、古井、炊烟
滴滴落下
全是青草的味道
饱满葱郁

青草高于山冈
高于梦
咀嚼青草
如奔波忙碌的马
如沉默无语的牛

有青草的地方
所有的事物都朝向温暖
青草眺望
手遮着额头
一遍遍
数着风

（作于 2018 年 8 月 25 日）

经过镜子

你会驻足
如果秋天
在镜子前
寻你的明丽

镜子如井
你无根无须的影子
随时可彻底拔除
就算花开的脸庞
也是无重无轻

井里一片凉光
像打磨一把刀子
长满苔藓的井壁
一切想逃走的东西
打滑

只有里面的天空
安分，很高
像一个伤口
上面铺着蓝色的药膏
风静止
偶尔的一只鸟
撞向远处的钟声

暗了的当然是镜子

而你

恰好经过

（作于 2018 年 9 月 4 日）

岸

在至阔处
大地柔善的地方
水的足迹已痛
不再站起

此时阳光沉淀
轰鸣声起白
河与岸合二为一
波澜不惊
田野厮守

一截风停留
一次次熄灭流水关于道路的记忆
空中迈步的时间
踩出水面一个个凹陷
深刻得让人无语凝噎

活在低处
一条河就活了起来
没有海拔
但也是一滴水的海洋
没有缝隙
没有遗漏
没有缩短

来的在来
走的在走

渡口在
岸上花开声音已传了很远
折一只纸船
可否摆渡到对岸

（作于 2018 年 9 月 6 日）

幸　福

特别喜欢捉迷藏
它总躲在未来
在许多路口的转拐处
你以为错过
常在回忆中找寻
星星像它
住在风里

它心思诡异
给你鞋子
却又在里边放上许多沙子
那只紧握硬币的手从不摊开
你永远猜不到硬币正反哪一面朝上
它是一朵从不完全绽放的花
只生长在相信它的人心中

很有限也朴实
它一般都是平庸的结尾
如你靠得太近
就会看不清它的模样
从来没有人敢说已经把它完全拥有
这袭命运的华美衣裳
你无法知道哪一粒扣子是否已经错位

（作于 2018 年 10 月 11 日）

眷 顾

也许错误无辜
跌落悬崖岩缝里的种子
挥霍着长久的安静
群山虚无与沉默
有秋风的手
轻轻拂过

有些梦可以刻在岩石上
如同星星
纵使从不开花
也把天空作为土地
此时的种子，在新的海拔
将高于泥土，高于海浪

悬崖的手风琴
打开了自己的命运
风的逻辑里
宿命注定被忽略
但种子已完成一种意义的抵达
当然
它是相信了雨季的正直
相信必然的黎明
相信阳光会破土而出
相信荒芜将成为怀念

种子旁
一只蚂蚁踏响着岩石
并仰着脖子挥动触须
悬崖标语——
天空道路宽阔

（作于 2018 年 10 月 14 日）

深　长

那串秋的铃铛摇晃

敞阔的天空

船一样的雁驶过

小河歌谣瘦弱

卵石被流水磨缠

岸旁树丛里

冷不丁几声鸟啼

以枯黄迎接暮色

青草跪着

如一场盛大的感谢

时间提前

长大的夜

割据出一片寂静

血红里，最深的柔情

许多事物都在暗夜生长

如没有结果的花

如珍珠般爬上枝头的露珠

梦凉

也可披上月亮的薄棉衣

时光多出

一些事物成为远方

一些念想成为从前
一些故事
挂在旧日历的青山白云里
很轻
窗帘已被拉上

（作于 2018 年 10 月 17 日）

果 实

一个小孩常蹲在树下
用石头擦划着自己的影子
阳光的果实
像银子跳跃在身上
直到被晒干

一个年轻人喜欢跑上山坡
看风如何撞入
大地、悬崖、河流或森林
风的果实
是挂在天空上的道路
天空为岸
岸上,是它寻找的故乡

一个老人总去寺庙里焚香
用烟火供奉心中的主
香火袅袅攀缘出寺
他心中的果实
是山径上一小丛野菊
白云敲响钟声
几朵野菊
安卧如佛

(作于 2018 年 11 月 24 日)

望月升起

天黑之前，不知去往何处
渡口处，一张长长的空椅

归巢的鸟总是低飞
把夕阳最后的光芒拍动
钉子般的星星
一下又一下钉紧了云朵的绳索
山中的小径
爬着蛇一样的黄昏
地上不少树上掉落的果实

月升起
散碎的河流波光
拖进了庞大的夜
吹了许久的风
也终于响起回声
一只搁浅的船
在自己的倒影中

突然发现
河水如此干净
水草的双脚就站在滩涂
渡口，夜的收容器
通往月亮的脚步
很轻

（作于 2018 年 12 月 15 日）

寓言 （组诗）

一、沙雕的画

一个小孩
总喜欢在海滩上玩沙雕
堆、雕、挖、掏
那件栩栩如生的艺术品
带着夕阳的余温和颜色

海风擦过水面
那狭长的银色薄箔袭来
模糊了沙雕的棱角
可沙粒并未消失
沙堆也没有擦伤与坍塌的疼痛

如不必对一片落叶哀悼
如相信有些蛋能多次被孵化
孩子依旧很耐心
不停演示他的梦
那些有节奏地拍打海滩的声响
宛如慈母拍婴儿入睡的催眠曲
缓缓的东西
如此美好

孩子从不知道——

海是否有出路
他总认为——
一朵云终会变成雨滴
他相信他的梦
到了很远很深的地方

二、雪造的马

当天幕垂下那段天鹅绒
旷野飘动
一只戴着白手套的手
牵住了马的缰绳

起伏的山岳如马背隆起的肌肉
苍松、森林如马的鬃毛
暗蓝的湖，转动
马的沉郁善良的大眼睛
尖利而呼啸的风
仿佛马的嘶鸣

马与大山的依恋
一定是传奇
雪的海滩
雪的甲板
马四脚紧绷
像石柱一样伫立
草原不在
马就没有流浪

其实

雪做的道路

马也能飞奔

雪做的马

像大地上一粒蚕豆

它的速度无法辨认

在那片时间遗忘的白纱里

你很远地谛听

马，逆风回头

并最终消失于阳光

它没有被谁想起

它也不知被谁忘怀

三、风筑的房

旷野天低

喜爱一座房子

它用风来建起

也砌进了我自己

山峰有崖柏的菩提

鹰总飞在自己的影子里

白天，洁白的云朵身旁流淌

天之一角落满鸽子

阳光不会再被掠夺

道路不会再被磨损

夜晚，伸手就可挽住月光

漆黑也不用点灯

烟花也不会冷却

时间不会用旧

房子更不会老去

高于尘土

低于天堂

可为何

星星跌落的声音如此响亮

时光遗落的烟火味仍在弥漫

稀薄的空气里

能否靠近幸福

（作于 2018 年 12 月 28 日）

古　井

它像烟囱种植在地底
生长出村庄的炊烟
它的容颜永不更改
对它吼叫和扔进石块
它回音空洞，寂冷沉默

它更像一条
被囚禁的河
凝固了流淌与深浅
也忘记了所有的歌谣
我只是它期待着的小鱼
是它身边的鸟

许多年了
它一直张开着眼睛
在我的灵魂里凝望
今天，旧的风
又吹着它的脸庞
曾经的云朵飘上它的头顶
它眼睛里的我
保持着幸福的模样

（作于 2019 年 1 月 7 日）

顺 从

山野的许多坟头上
长满熟透的山稔子果实
我知道它味道甘津而酸甜

可村里的老人总在告诫说
——不许靠近，那里有孤魂
——不能吃它，否则霉运会长在肚子里

每次上山采野果的我
脚步总犹豫停在它旁边
贪恋地痴望
还流着长长的鼻涕
但手始终没有伸出
内心饥饿的野兽
屏住呼吸

许多年后
我还是认为这是很自然而然的事
——相信有神明
必存天真之心

（作于 2019 年 1 月 11 日）

味　道

那是 20 世纪 70 年代末的一天
从来很晚下班的父亲
下午竟早早就回家
手里拎着用报纸包着的一只小烤鸭
见到好奇的我像要说什么话

晚餐有烤鸭加菜
贫困的家庭如过年一般
兄弟姐妹打了牙祭
我等着知道原因
没有夹过一块鸭肉

"下午四点半，学校打来电话
说收到武汉大学录取通知书"
——父亲的声音比平时平静
我因心中有数就"嗯"了一下

此后的许多年
我都一直想告诉父亲
我确实没有尝过那只烤鸭

（作于 2019 年 1 月 13 日）

童 言

为什么太阳还迟迟不落下
——因为它找不到山背后的梯子

为什么船都回到码头
——因为鱼儿都爬上了岸

为什么远方有钟声
——因为要纠正风的方向

为什么鸟总在低飞徘徊
——因为它出门忘了带上鞋子

为什么云朵这么快黯淡下来
——因为它的白衣服穿旧了

为什么山野这么安静
——因为日子累了天空要休息

为什么太阳要提着星星回家
——因为它怕迷了路

（作于 2019 年 1 月 16 日）

转　身

当西边的椅子被铺上红色毛毯
你从天空走下
安坐着
所有的道路安静
夜神情虔诚
向你跪拜

此时
你像一面巨钟
松弛了发条
把所有的时间变旧
于是——
天空被重新装饰
旷野被改穿火焰的波纹长裙
群山的大海被撤走
风被纠正了方向
在归鸟的羽毛上栖息

很快
你站了起来
转过身——
我突然相信
山峰后面
你早已准备好梯子

（作于 2019 年 3 月 2 日）

岛的联想

像婴儿
睡在宽大的床上
海摇晃
水的玻璃上白云来回擦拭
你的梦洁净
永远高于海

像种子
撒落在深邃的蔚蓝里
天空成为土壤
四季疾走身边
你在天堂生长
作为海的唯一果实

像眼睛
永远地眺望——
西边，落日还在燃烧着风的辽阔
东边，明月已悬挂中天，在铺撒薄薄白雪
而汹涌与寂静的抗争仍没有胜负
所有的波涛没有不会跌落的
所有的浪花没有不会凋谢的
至于帆船——
其实都被海囚禁着
只有鸟——

赤着脚歌唱

唱着海的心

唱着海的禅意

当然，更像时间踏着海洋奔走

留下的足印

——如果大海撤走

它一定是海的泪珠

（作于 2019 年 3 月 5 日）

三月的雨

如滴落在时间的表皮
绿色的汁液
泅入一幅山水画
微凉
有薄荷的味道

偶有鸟鸣
旋转在雨的上面
在薄的水墙里
所有的远方
很近
唯绿，有绿的悲伤
——惊醒不起的温柔

闪着丝绸般暗光的村庄
黑色的屋檐渐变浅白
街上，一扇窗掩着
青石板上
游动着流水的伞——
他们没有问候
从未相识
也从不相识

（作于 2019 年 4 月 4 日）

最长的路

家与母亲工作单位之间
有一条山坡小径
偏僻荒凉

公社医院的太平间就在路旁
上夜班的母亲常在凌晨把我弄醒
陪走那段路（那时我才八九岁）

前面的我拿着手电筒
母亲安静地在身后

原路折返的途中
总会多出许多奇怪的声音
树丛仿佛长着爪子
我自己心跳的声音
始终没能被嘴里的哼唱掩盖

母亲从来不问我
我一个人如何回家
我每次陪她时
好像母亲就是个小女孩

这条路，一直绵长

——它，远远的
缩短了我的童年
现在，我常会在这条路上
伫立，并迷恋

（作于 2019 年 4 月 11 日）

五月的风

与阳光一样
饱满而明亮
因褪去了温柔
身上散发着空旷的味道

如一张时间的蓝色纸片
一边飘荡
一边燃烧
春天那双累了的娇艳鞋子
已难以辨认
所到之处，浮动着
一半繁盛，一半沧桑
——无须提及落花
无须提及枯草

废黜了春天
完全打开天空之门
摇晃出所有道路的喧嚣
尽情挥霍时间与幸运
——这样的美，偏僻
让时光有了深长的形状

来了，又远去
它所去的远方真的是远方吗

但消逝是注定的
——它也是我的路程
我逆风回头
想看清它的所起之处
远处，一片它遗落的白纱

（作于 2019 年 4 月 28 日）

桥在河流里流浪

等待雨，是伞的宿命
等待晚舟，是渡口的宿命
时光把桥囚禁在河流上
桥在流水里做着自己的巢

风被停止
但我无法取出嵌入桥的风景
那只像遗弃在岸边鞋子的船
在自己的倒影中搁浅
胶片转动，默片回放
关于桥的所有消逝的事物
发出一片回声

但有的相逢
没有回声
那片白纱般的雾
像记忆飘出的青烟
我站在自己的风景里
数着泛光流水的波纹
打捞着我曾留下的地址

有些悲伤
无法被安慰
水中的天空

雕塑般

但没有少年的鸟

桥上走过的那个人

我好像在哪里见过

（作于 2019 年 5 月 1 日）

失散的道路

仅仅是瞬间
就学会回顾往昔
当开始回忆
也就开始遗忘

那些建造过的房子
为何轻易地被丢失
那些经过的地方
为何没有留下地址
那些忘却了的故事
为何以为未曾发生
在那些旧了的时光中
为何自己站在自己的风景里

其实一直想把手掌里的种子
撒放在天空
无须决定它生长在哪片阳光下
其实希望把所有的道路
置于夕阳的方向
不必怀疑是否错误地出发与抵达
——走过了，就是路
走远了，就用尽了幸运与时间

至于那些失散的道路

已无须找回
如青草奔跑
马背上留下的是风的回声
至于对回忆过的人
相逢却是没有回声——
相见了，回忆也将没有
如桥拒绝河流
流水掐灭不了星光

（作于 2019 年 6 月 3 日）

第三辑

时间纪念自己

时间在纪念着自己
草拥向河岸
迷乱的桂香到处点燃
我仿佛产生故园的感觉
——需要回家了
可那些道路全都熟悉
老了方向
是否迷途

六月的天空

像囚禁着涌动不安的海
庞大的时间之舟
沉缓驶过
蓝色布景中散发浓烈的咸腥味
从鸟鸣啄破的几个洞里

沧桑刻上容颜
穿起火焰的新衣
胸膛湿热
脾气也变得粗急
背上，许多来不及扔掉的残破行囊

让大地群峰浮动
让大面积的阴影来了又去
甚至对那一茎枯萎的荷花
全都烙上阳光的痕迹
——那深邃的眼
使尘世的人们产生幻觉

其实还拒绝对春天的祭祀
并用巨大的风之手
弹奏起宏阔的手风琴声
如某个神谕——
天堂不高
眼前便是天涯

（作于 2019 年 6 月 7 日）

七月的河流

像绷带飘在风中
阳光如在蜕皮，亮得有些白
宽阔的涟漪上
时间的脚爪不时伸出
还有粗重低缓的鼻息
一架钢琴架在上面
弹奏出大块大块热烫的碎片

一切适合远眺——
所有的水，开始撤离天空
所有的鸟鸣，开始坠落
所有的村庄，开始低矮
所有的花园，开始关闭栅栏
风景已深并变大
时光开始高高竖起

我喜欢站在那里
看自己的影子能否被泡浸模糊
看鱼能否像岸边的船一样搁浅
看被压紧的那朵浪花能否回到海洋
看阳光能否被挖掘起来

此时
如果给我旧伞

我一定会找到渡口

如果给我炊烟

我一定会记起故乡

如果给我长笛

我一定会吹凉一片江山

（作于 2019 年 6 月 20 日）

八月的群峰

像时间的台阶
——天空走下
踩着滚烫的脚印
轰鸣坠落的阳光
烧熔了盛夏蜡制的欲望
是神的遗言

像时间的礼物
——遵循与天空那最深的盟约
佛一样的沉默里
仿佛指引，仿佛对抗
收藏了彩虹，熄灭了幽蓝
容纳了原野全部的喧嚣
并忽略风的去处

我驻足祈祷
希望做一条鱼
可以从它的怀中跃起
做一片帆
可以在它黑铁般的寂静里航行
甚至愿做迷途的旅人
于此深埋、沉睡并等待

当暮色疲倦

人间美好

我还应该找出许多萤火虫

放上一把火

看清上帝玩掷这骰子的秘密

（作于 2019 年 6 月 29 日）

九月的海

对摇晃碎了的时间
给予更幽蓝的重量
在像醒着的明亮而充盈的土地
燃点起哔哔作响的火苗
从最深处来到岸边的每朵浪花
都是新的
岩石，泪流满面

天空弯曲成的拱门
穷尽所有的虚空
风吹拂过一切，了无痕迹
帆船的道路绵软，全被覆盖
一个夏天就这样荒凉
想象也无法抵达的浩荡中
那朵永远飘飞的轻盈而饱满的白云
从不停靠

在没有任何出口的领地
流浪着的岛
像失却时针和分针的钟表
倒流抑或飞逝的时间
廉价而重复

都是窒息的美

天空被拉进流水

被喂养和雕塑

——九月，有海的家，海的轮回

谁可以，划着少年的船

（作于 2019 年 7 月 4 日）

十月的旅尘

开始枯黄的野草
跑得比人快
开始遗忘方向的风
拖着树作为路标
许多花，已完整开过
许多果子，未熟都已掉落

此时的黄昏
被泛着寒光的蛇咬噬
田野空旷
稻草人仍是一件单薄的衣裳
它身旁
有人走过，有人留下

我如约抵达昨天所称的明天
像步行而来参加自己的某个典礼
此时人间最为辽阔，可以眺望——
我已有过昏暗的时光和幸福的诗行
所有的道路已无须更改
那些没有经过的
也不必再走

（作于 2019 年 7 月 14 日）

十一月的雪

被火焰穿上
阳光跌落无声
空荡的天空
神灵的脚步迈在风中
山野辽阔处
戴白手套的手
涂抹某种神秘的寓言

深知那些被吹皱了的信笺
内容都是你命运的事情
分明是一些东西的赋形——
一缕光芒的凝结
烟花的冷却
白发的流淌
甚至是诗稿上的盐

这时间的礼物，暧昧
曲折了你这么深的想法
人世的尘埃大多被清除
在这冷静的嘱托里
你已抵达告别和遗忘
从此
云朵得到纯洁的提拔
落日，开始妖冶

（作于 2019 年 7 月 18 日）

十二月的树

披满钟声
透彻而情深
挥动枯瘦的手
指向群峰与微茫
姿态，简单到美好

没有花凋谢时最美的容颜
唯有果实掉落后的肃穆
绿色火焰熄灭
灵魂趋于干净
不必纪念自己
时光也是如此

天空已经下来
寂静与寂静相遇轰然
宏大的陨落与升起
轮回与新生
一切都像预言

这样的如释重负
是自愈更是生长
鸟的旧巢
高高悬挂
守护曾经的守护

守护空了的守护
那些没有遮挡的痛苦
安睡在更深的幸福中

（作于 2019 年 7 月 22 日）

光

在路上
我一定会时刻关注它的动静
不能让它离开我的视线
——对这个总尾随身后如野兽般的影子

哪怕倒下
我也绝不松开
手上牵捆它的绳索

（作于 2019 年 6 月 22 日）

鸟的旧巢

黑色的小花圈
悬挂于枯枝
风干的飞翔
钉着时间
孤冷而决绝
那庞大的冬日
天蓝得想哭

模糊的意义被雪洗刷
无论树枝朝向何方
如此禅坐
击溃了所有的幻境
梦中梦，轻易不破
在雪的帷幕上
天空，逐渐满了起来

一些事物可以自己纪念自己
洁白中的忧伤
荒寒中的眺望
遮挡失去
暴露了一个"家"的原始真相
当完成哺育和告别
所有的鸟必定满怀理想
长驻辽阔

被遗忘何尝不是幸福
像诗的遗嘱
不可言喻的必然
——在无限的平静里
等候鸟群壮丽的回旋
等候谁在上面
孵化明年的春天

（作于 2019 年 8 月 3 日）

鞋子走损道路

一

我确信
那个折腾了所有道路
骑着青牛西去的人
一定穿着草鞋

我以为
道路是从鞋子开始
但鞋子不能代表抵达
鞋子只是幸福的萌芽
道路没有铺满果实

鞋子从不懂得归途
如同时钟没有记起时间
鞋子破了
道路依然未旧
我疲惫地在路上
不是因为病痛
我已痊愈
一切可以在衰老中重新开始

我渴望的那条路
是可以回家的

我需要的
是自己一个人走

二

也许
鞋子不认识春天
春天是可以画出来的
甚至在大地
鞋子也有经过不了的花开
大多的花是在夜里枯萎

只是夏季过于凌厉
才证明了春天的存在
我已记不起春天的模样
我相信玫瑰也可能忧伤

而草一直挣扎
向往离开大地
它总在认为
大地其实贪婪
整天唱着牧歌

三

当鞋子被你的影子覆盖
上面的补丁清晰刺眼
马蹄笨重，落叶轻盈

成为不可挽回的梦

关于你，其实是注定的遇见
在你一无所知的很久之前
在将要丧失的岁月中
你会继续被我凝望
然后一些故事发生
可你什么也不知道
直到鞋子从影子里消失
直到流水洗尽桥影

从此回忆是破洞的鞋子
在回忆中我会不能自已
像风中划着一根火柴
像空船停泊在杂草丛生的岸边
所有的将来都是很久之前已经的过去
而那在过去的守望
又能等候多少的现在

四

鞋子的痛苦
是在被抛弃后才被理解
鞋子与无数路的约定
已经无法偿还
秋天注定如此美好
因为另一个世界对我已经关闭

活在这样的季节多么不容易
风吹裂花影和岩石
飞鸟离散又重聚
雨水无数次飘荡着月亮
风景痉挛般宁静

我的感伤无可辩驳
在睡梦中遗忘星星
却始终未被神灵叫醒
我将幸存于陌生者的幸福中
从容得不可思议

时间正在把我变小
鞋子却把道路走远
走过的道路，会留下尽头
而我无法做到的
是在山峰之巅把自己俯瞰
于是，只能在尽头
往回眺望
那些应许给了你的风景
遥远、陈旧、美丽

（作于 2019 年 8 月 11 日）

回　声

所有美好事物的消逝
一定会有回声
正如你我的重逢
成为时间的礼物
记忆的最后默存

慌张和遗忘猝不及防
全部的过往时光被迅速经历
你我迫不及待分辨着这灵魂底片的轮廓
那一点一点的恢复是多么漫长的过程
——"今天的我和昨天的我是否不同？"
"失去和得到真的一样多？"

只有青色的草长满山冈
树的幽蓝影子飘在草尖
全是新的风景
你我却唯旧的心灵
忘了自己在时间之外
在梦着另一个世界时
你我是幸福的模样

可命运从来找不到失散的道路
错过开头的故事
已被从不失手的时间偷去

你我的另一种记忆，如果有必要
都是最美的时光
好像在自己的镜子里开花
芳香弥漫

（作于 2019 年 8 月 19 日）

怀抱花束之前

一

宿命的故事
总倾向于离别
人间辽阔
灵魂喜欢在路上

认为未来
可以用来相信
挥手之后
路，越来越长

二

让风筝的尾巴
留在屋顶
让流浪的狗
叼走那双旧鞋
用记忆的绳索
拴绑住飘远的鸟鸣
用额头上的萤火虫
变成星星

在命运昂贵的土地上

做个潦草的过客
并在流水上
写满地址

三

看不见草原
只愿传来马蹄声声
忘了路的声音
是因为找到天空

当昨日的花吹回今天
风里有遥远、消逝和遗忘
当时间的果实掉落
那一声抽泣
就穿透了生命所能够到达的
最深的地方

四

离别，道路的根
不再相逢
才是真正的守望
被人怀念
残酷而深刻
那个伤过了的人
已去了很远的地方

没有人可以告知
有哪一种别离不是必须
可悔恨，为何成为
离别者内心的音乐
黑暗而柔软
——如果在怀抱花束之前
心却安详
那一定
已完成抵达

（作于 2019 年 8 月 28 日）

祖国是在心中的

祖国是在一条河流里的
必须聆听——
那流淌了千万年的亘古不变的泥黄
那一泻千里的雄浑
由一群黄皮肤黑眼睛的人
盛大地吟唱

祖国是在大地上的
必须俯瞰——
那片黄土像铺展在摇篮上的毛毯
它的温度和厚重
由许多数字表述所建构
如九百六十多万平方公里、五十六个民族
还有，一座长城坚强起伏的气势

祖国是在一条道路上的
被命名的"复兴之路"
宽广辽阔，春风浩荡
路上飘扬着一面鲜红的旗帜
上面大写着"人民万岁"——
涵盖了所有美好的内容与愿望
关于富强与梦想、幸福与温暖

没有绿色的草原

没有花开的春天
没有天空的鸟
没有泥土的森林
——都是不可能的存在
祖国始终是在心中的
那对它的誓言与忠诚
那对它的爱恋与守护
须在骨头里生长和茁壮

（作于 2019 年 9 月 2 日）

时间纪念自己

当时钟被抛光
所能想象的美好和蓬勃的事物
显得瘦而坚硬
当大地脱去
如僧人袈裟的外衣
袒露出饥饿的筋骨
我已相信
秋日当然有佛的心性

不可久视
那薄了的波光
上面，大多盛夏的星辰正在枯干
连流水里村庄的炊烟
也一点一点拔出自己的根
至于天空的影子
不知藏在什么地方
——我的秋天
是不可抵达的幽蓝
越来越空旷的奔跑
那羽毛的哀伤，越攀越高

在干燥的寒冷里
迸裂着一些鸟声
时间在纪念着自己

草拥向河岸
迷乱的桂香到处点燃
我仿佛产生故园的感觉
——需要回家了
可那些道路全都熟悉
老了方向
是否迷途

（作于 2019 年 9 月 23 日）

秋 韵

缩短了的河
流水瘦成薄片
浅的倒影，发生弯曲
爬上来的秋，神情从容

许多事物在拨快的时钟里
迅速被经历
寂静巨大，阳光安详
可以听见云朵滑动的声音
——透着微凉的甜

一头牛，眼睛蓄满了水
想饮尽波面的光
一只蝴蝶，被拖进满了的天空
像风干的标本
没有重量的感觉，姿势幸福
一丛菊花，拥向岸旁
在最低凹处完成肃穆的盛放与坠落
草丛中，几声蝉鸣
还有一个金黄的壳
一条路，闪着光
蛇一样，追咬着黄昏

（作于 2019 年 10 月 6 日）

错遇的风景

时间携带命运
旅途不可预知
所有的风景都有宿命
它常开满着罂粟花

买了明天的车票却挤上今天的列车
命运篡改了时间
你错遇许多风景
——如果也是幸福
许多风景又被迷失
——如果也是幸运

远处的山丘
像永远悬挂的波浪
风景的秘密就是——
山的转拐处
总背弃着一条河流

风景的前面仍是风景
你和你的影子
将融入万水千山
可你，从没对命运
有勇气说过爱

（作于 2019 年 11 月 4 日）

暮色中的眼

当霞光即将晒变成盐
当阳光遮挡黑暗之前
落日黄金的声音
刀片般飘葬在山冈
此刻，有整个世界的慈祥
暮色中的泪滴
天空盛大的蓝

通过一滴泪的哭泣
夜晚被选择为唯一的故乡
晚风的止痛剂
镇定了尘世蠕动的沧桑
并悬挂于寂静旷野的四周

夕阳下
一些人变成另一些人
每一个人都在大口吞咽光明
我张望星星攀爬的斜坡
寻找着天空绵羊所走远的方向
以及在黄昏起伏回旋的波浪里
黑暗所流出的泪水

（作于 2019 年 11 月 17 日）

划画沙滩

应是最柔软的时刻
你我认真地划画沙滩
潮水不停把它抹去
直到浪奔向远方，看不到尽头

如初的美好都是深的
你我溺在不断重生着自己的风中
把自己玩成游戏
你我认为，在最干净的海水里
可以安放最美的梦
相信，消逝是一种必须
长久的存在，海的镜子
仿佛深渊

（作于 2019 年 12 月 2 日）

有些事物总是小的

像我的生日
它从来就是很轻微的事
没有预知
没有期待甚至仪式

记得它只与红色有关——
在从前那个贫困的年代
我童年里每年的其中一天
母亲会静悄悄地给我一个鸡蛋
鸡蛋上面染上红的颜色
她看我的眼光很柔和
当时特别惊喜的我并不清楚什么缘由

事后才知道
原来是我的生日
我曾问过那个鸡蛋为什么这么小
母亲回答说，它是初生的
声音有点甜

自母亲离世后
我再也没有主动过自己的生日
我相信，有些事物一定是小的
而且还要安静

（作于 2019 年 12 月 9 日）

弱　小

一只虎扑杀一只绵羊
一只鹰抓捕一只兔子
一只猎狗玩弄一只老鼠
一只鸡啄食一只虫子
甚至包括一场体育比赛
强大的队伍面对实力悬殊的对手
这样的情节与场景
都会平淡乏味
已难以触动某种恻隐之心

还有市场上那些"三鸟"
以及活蹦乱跳的鱼
它们被宰杀时
人们依然看不清楚它们的表情
它们的身体怎样扭曲
它们乞求和愤怒的眼

如果绵羊是大象
如果兔子是雪豹
如果老鼠是狼
如果虫子是蛇……

在巨大的东西面前
小的东西

装不下痛苦
甚至它的生命与尊严
仿佛可以被忽略

（作于 2019 年 12 月 17 日）

模　仿

小时候
父亲把家门前那棵普通的树
做成一张不太好看的大床
他为此一直得意自己的手艺

年轻的时候
我也找了进城务工的木匠
做了相似的婚床
成功说服妻子的代价
就是日后在她面前不自觉地顺从

母亲去世后的许多年里
父亲始终使用着那张旧床
而我，经过许多次的搬家
也一直保留着这张婚床

模仿，仿佛是人生很重要的剧情

（作于 2019 年 12 月 20 日）

怀　念

想留住年华
开始揣度真正的怀念
却已秋天
经过，时间破漏之网
剩存
命运的部分

不敢怀疑，命运
倾向错过，那些路口
注定迷失
从此道路无辜——
错误的抵达，是不幸的幸福
幸运的迷途，是幸福的错误

如果还在回忆
不必期待重逢
如果灵魂仍在眺望
祈求归还一点青春

怀念，是漂泊的温暖之乡
我看着自己的行囊
忘却了是已经到达
还是又要出发

（作于 2019 年 12 月 20 日）

道路的根

我始终隐秘地认为
道路不像爬行着的蜘蛛
这个生长着的事物
需要竖立着来观察
于是就可发现，它的根
是从山脚下和流水之间长出来的
那里，有人间的村庄

此时，在巨大的画框里
山岭像一只船
天空卧躺成为海洋
星辰也终于可以站在地面
所有的道路，都缠扭向海岸边
至于那些行人
仿佛在风的上面
越来越空旷的攀缘
或，越来越瘦小的飞翔

当然还可以从竖立中再倒转过来
这样，道路好像从云朵中伸展向上
森林种植在了天上
飞鸟行走在了人间
天上的大地，涂满青草的颜色
地上的天空，马的奔跑失去回声

而所有的行人

仿佛从黑暗中返程

夕阳上面，他们身上金光闪闪

那时每一条道路都不再那么遥远

到处遗落下时间的果实

每一条道路

都经历不了尽头

人，最终与自己相逢

（作于 2019 年 12 月 24 日）

滋　养

像拉网，匆忙收拢起
所有的羽片，光亮的身躯
笨重地，走下
黄昏这座时间的桥

之后，穹顶越来越高
凡间越来越低
幽暗中，所有的光亮
都显得如此轻盈和自由
整个夜晚
就像一只翅膀透明的蝉

漂泊的光亮
都是没有根的
夜的空荡巢穴
仿佛是它永远的家
经过在白天的虚构中不停搭建楼阁
那些光亮，已带有很深的拒绝
和很深的厌倦

它一直像醒着，双目寂淡
看风吹裂花影
看月光煮沸湖水
看在天边的一角，该如何

再次绽放出火焰
——我似乎相信
夜的盛大的荒凉与幽暗
滋养着
光亮

（作于 2019 年 12 月 31 日）

时间的钉子

无法飞出一片蝉声
那只鸟一样的蜻蜓
似乎不停地逃离与告别
相逢与放弃
终于在伸向溪流的草尖上
长久停立

它让飞翔凝固
水里的天空
干净得什么也没有
它的眼神
惊讶又冷寂
像在辨认着这个世界

黄昏的钟声
并没有把光亮碰碎
在流水漫溢出辽阔的光辉中
它伏在时间的流动里
像斜插在镜子上的
一枚钉子

（作于 2020 年 1 月 3 日）

时间之心

花开，如最美丽的哀悼
铺开、碎裂、枯干
完成了
时间之心的形状
用尽了生与死

也用尽了所有的颜色
白的、红的、紫的
时间的血液渗出
此时，作为沧桑的事物
风的吹过
也是恭敬的

每一朵
都怀有果实之心
却无法讲述自己的命运
仿佛时间最年轻的眺望
用蝴蝶飞舞
浮动了
万水千山

（作于 2020 年 1 月 10 日）

遗　忘

像火柴，划在冬日的风中
像空船，睡在无人的岸旁
羽毛飘落，从鸟的翅膀上
马蹄声过，却不见草原

记忆的天平
倾向于遗忘
仿佛命运
种下根
遗忘空置的地方
保存了
悲伤的形状

如果心中有那缕月光
一生却难以入眠
如果穿过镜子的花开
都是最美好的时光
如果标本的蝴蝶
永远年轻
就让遗忘
关闭另一个世界
我，牢记了你的幸福

（作于 2020 年 1 月 14 日）

当时间折叠

用大地作封面
山丘起伏
如悬停的浪潮
成为自己的形状

用辽阔的湖面
磨平天空的镜子
无数溺亡的月亮
在飘浮

用森林，收藏
人间的道路
行人
羽毛般飞过

在对折的时光中
大地一直生长
而且美好
永远的重新开始

一切都像绝处逢生——
每一个黎明，饱胀着生育的气息
每朵花，一定被安排了花期
人们也安排着自己的命运

在每一个黄昏，重组着那些溃散了的事物
仿佛完成一次短暂的晚年
我把黑夜作为故乡

终点就是起点
出发也是归途
在路的尽头
我注视着
从远方走来的自己

（作于 2020 年 1 月 16 日）

那海浪打湿不了我的梦

童年的我
常躲进山上茂密的树林里
比较高大的树木下
都有一个小沙滩般空旷的地方
银色的白，也无枯叶
我把它作为自己秘密的"城堡"

躺在小沙滩上
海，被仰望
那片连绵的树冠
如绿色的波浪，翻涌
于蓝色的天空上
沙滩飘动，海深处
我是树林的鱼
泅渡，如同鸟
腾跃云朵上

海的覆盖中
梦，却从没被打湿
我相信这样的感觉——
每一片沙滩，经过相同的鸟鸣
每一片森林，种植天空
海水，淹不死飞翔的鸟

（作于 2020 年 1 月 25 日）

守望你的痊愈

在最喜庆的日子
母亲，我们拒绝欢乐
关切地望着生病的你
眼眶常有泪水往里边流进去

我们守望着你，母亲
你身上的大伤口
仍在滴血
我们在你身旁深深祈祷
默念着钟南山院士的那句话语
——武汉，是能够过关的

母亲，为了你的痊愈
你武汉的儿女
拿出了最大的牺牲
他们挽起手臂
筑起新的长城
形成坚固的屏障
捍卫了你的尊严
捍卫了武汉英雄城市的荣誉

此时，母亲
你的许多儿女
唱着新的《黄河大合唱》

千里驰援，赶到你的身旁
为你疗伤，拼全力抗击病魔的疯狂进犯
他们把最前沿的阵地牢牢坚守
他们与你同在
他们把大爱的旗帜高高擎起

全是短兵相接
没有硝烟，没有枪声
母亲，你的所有儿女
他们长大了
他们把责任作为义务扛在肩头
他们把团结作为武器紧握手中
他们把关爱作为力量挺起脊梁
他们把奉献作为价值追求点燃生命的光芒

母亲，我们坚定地
走上各个阻击疫情的阵地
不恐慌
不畏惧
不退缩
我们守望着
你的痊愈

（作于 2020 年 1 月 30 日）

低矮的力量

那片荒芜的山冈
全是贫瘠的沙石土
除了稀疏零落的小树丛
生长不出任何高大一点的植物
孤独迷幻的气息
到处弥漫

小树丛是一副野生暴力的长相
贴着地面，伸向四周
弯曲着痛苦与艰难的形状
它的根，接近极限似的深扎土里
却仿佛拒绝长高
对天空怀着深刻的怀疑与厌倦

瘦小，佝偻
安于向下的天命
匍匐在山野最硬的波涛上
姿态坚定而简洁
散落的野花
也像人间多余的部分

这样的山冈
可以治愈理想

（作于 2020 年 1 月 30 日）

结　尾

炊烟，慢成薄绸
飘斜黄昏
黄金般质地的山冈
柔软了村庄
村口小桥下
仍像清晨时
流水无声

几声鸟鸣，回荡
迟钝了老牛的脚步
慢走着，暮归的路
老牛依旧动作简单
抬一下低着的头
回转，草在嘴里
身后的田野
恢复了巨大的安静和虚空

仿佛尘世正在离去
只有田埂上的稻草人
穿着旧的衣服
站在了时间消逝的方向
一只蜻蜓
长久地停留在它的帽子上

我似乎看见
一个人在熟睡时的忧伤
好像我写诗的生活
在结尾的时候

（作于 2020 年 2 月 6 日）

虚　构

在流水虚构的天空
飞翔，鱼是认真的
那空茫的眼神
如此干净
仿佛藏着巨大的慈悲

永远不会盛满的河
像囚笼，不停往返
鱼的缓慢的孤独
在没有道路的镜子里
鱼捕捉着每一个尽头

没有黑暗与光明
没有故乡与天涯
鱼，穿过无数破碎的云朵
推动着，永不止息的奔流

当流水用过
鱼把岸
还给远去的钟声
那个转身
很轻，很美——

鱼从来拒绝翅膀

也从不奔波

（作于 2020 年 2 月 18 日）

折　返

尽管那是拍打翅膀的疆土
所有的风，依旧吹不响
天空的飞翔
漂泊，不是家园
一幕孤独的剧情
全是猝不及防的经历
——在无效的旅程中
你终究会归来
却用了一生的距离

飘荡的萤火虫，再高
也无法完成作为星星的可能
你的启程
就像逃离、告别或放逐
——童年，是故乡
从不迁移
留下了一生的抒情

折返的路
河流盛满云朵
黄昏停泊时间
万物，仿佛细雨
——如果给回一点青春

你就会把我记起

这种幸福，将多么迷人

（作于 2020 年 2 月 20 日）

纸 船

一个小孩
总在小溪流里玩放纸船
他期待风把纸船吹到对岸
表情认真而虔诚

还常抓来几只蚂蚁或别的东西
放进纸船里
虽然没有成功过
他依旧不厌倦、不放弃

可是，风
一直没有吹对过方向

（作于 2020 年 2 月 29 日）

体　重

差不多已过中年
体重却仍与进大学时差不多
偶尔翻出了从前的衣服
仿佛面对灵魂的遗址
有些肃穆

盛开的花，每一朵
都会凋谢在自己的芳香里
——我想抱一下过去的自己
好像曾经的身体还在里边

你怎么一直会这么瘦呢
妻子的质疑让我顿生羞愧
好像穿在我身上时间的衣服
过于宽松，我一直
在时间里留步
分明，辜负了生活

（作于 2020 年 2 月 29 日）

炊　烟

它的身上，滑落
黄昏，薄的风
湿的眼，村庄
容颜改变，此时的你
在归途，记忆中的故乡
模糊，那一定
在中年以后

味道，无法消散
一段旧的时光
挣脱不出它的拴捆
仿佛再次遇见青春
你把脚步放缓
桥下，从前的流水
瘦了一圈，印不出倒影

假如抵达的，是原点
所有的漂泊，便是犯错的孩子
走过了无辜
如果最好的日子是曾经
如果最爱的人是当初
岁月为何允许重温

"回来了"——

此时，如果这样一声轻唤传来

你是在怀念

还是忘却

（作于 2020 年 3 月 3 日）

领　悟

又是春天——
去年不经意丢弃的甘蔗尾
在房屋旁荒地的角落
已长成于杂草丛中
矮小干瘦，骨节细密
小铁棍般皮色厚暗

像被放逐，落寞不堪的模样
带着宿命的气息
贫瘠的泥土
稀少的阳光
病虫害，以及风暴烈日
——当我想象它如何生长
却已没有惊叹
分明，已是哀伤

将它用力咬嚼
居然特别浓甜——
我便相信
一些被称为坚硬的孕育
往往是始于错误
并穿越过遗弃的时间

（作于 2020 年 3 月 15 日）

隆重的幸福

去看看，电影场次的时间
妈妈对我说——
那是 20 世纪 70 年代
我十岁左右
听说公社电影院放新电影

去问爸爸，买几时的票
妈妈又对我说——
我一溜烟
奔向父亲的单位

去找爸爸
仔细打扮了一番，衣服整洁的母亲
对我说，语气有点恳求——
好像很懂事的我
总想出许多法子
有时，真能把不喜欢看电影
而借故离家躲在某处的父亲
带了回来

那个夜晚
印象中的母亲
像换了个人似的
比平时温婉、安静

说话的声音也是轻柔的

当已过了中年
我才体悟到那时母亲的内心
——没有什么文化的她
原来深藏着对父亲的崇拜
（父亲有些才情，也有不错的威望）
她只是想通过父亲带全家看电影
而满足自己的小心愿
甚至，女人本能似的小虚荣

也许，幸福本是简单的东西
如同——对母亲笨拙的期盼来说
父亲与全家看一场电影
竟是最隆重的事物

今天，我突然想
在清明节的祭奠上
要为他们
捎上两张电影票

（作于 2020 年 3 月 21 日）

归 途

黑色的兽，扑下
旷野，雨幕的网
伞，斜插
在风中
山河模糊

不能让流水
覆盖
为着远离异乡
一层一层
越来越空的
脚印

（作于 2020 年 3 月 21 日）

灵魂的味道

记得小学时候（20 世纪 70 年代）
我因饥饿引发低血糖
好几次晕倒在课堂
救护我的女班主任
刚中学毕业，年轻漂亮
都会从口袋里给我一粒糖果

我留意到
当有其他同学出现类似情况
她也常是这样
好像她的口袋里
随时备有几粒糖果

长大后，我一直
不喜欢用蜡烛来比喻老师
我总是相信
灵魂是有味道的东西
——如同那一粒糖果
最为甜美，长久存在我的记忆中

（作于 2020 年 3 月 28 日）

四月的深处

那朵开不出的花
只是半边春天
缀在辽阔的新绿里
仿佛熄灭的灯盏
飘在细雨中

这是四月的遗像——
它流着一滴泪
成为春天里最小的海
春天的伤
用里边的盐
可以治疗

四月的每朵花
都是高贵的——
对那朵未开的花
我心生慈悲和敬意
它没有经历最好的时光
也没有凋落的最坏结果

此时，金蝉声缓慢响起
夏日的烈焰开始点燃
我再次获得对春天的信仰
——我关心轮回

相信关于与春天交接的事物

应该幸运，而且华美

（作于 2020 年 3 月 29 日）

穿过溪流的影子

光滑镜面覆盖里
薄而透彻
仿佛长着根
风吹不散

虚幻的布景
空的舞台
唯一情节
被梦寻找

像让流水，替自己
在时间里流逝，一直
向一个叫远的地方
演绎轮回
掩盖足迹
隐疾，不堪，寂寞地呜咽

做流水的琥珀
也会为流水所伤
在很深的时间里
怎样寻找回声
以及辨认出你被易容过的脸

如果，将溪流
连根拔起

（作于 2020 年 4 月 5 日）

遗弃的灯塔

像钉子，揳入水面
让海没法搬走
流水的镜子
存在故土，漂泊——
梦又不醒
无须告别

维持命运的假象
是唤醒，是遗忘，是记忆
波浪的琴弦
依旧最古老的歌谣——
时间的遗物，海的纪念
没有辜负

当风暴，落在水面
星辰的碎片，移淌
那悬在空中的，仿佛是只眼
脖子伸长，张望
船的方向——
一片荒凉
已经燃烧

（作于 2020 年 4 月 18 日）

目送影子

黄昏竖立

消瘦的它，如蚯蚓

蔓延向时间的反方向

仿佛被巨大的安静所伤

寻找道路的缝隙和泥土的大门

作为阳光的遗物

已是一生中的最为深长

像大地时间表盘上的秒针

拖着五颜六色的河岸

让溪水滑过身躯

淹没脚步的回声

此时，它是温暖的

被风吹成金黄

压住了一朵玫瑰的张望

白昼碎成花瓣

一只入巢的鸟

掏空了天空

人间远在它这边

太阳像从西边升起

圆满和幸福

我必须向它道别

趁来得及看它一眼

（作于 2020 年 5 月 19 日）

当怀念深远

已是中年之后——
真正的怀念
无法揣度
就像无法得知
那朵凋谢在自己芳香里的花
是否怀有果实之心

此时,深情的人
都回到童年
那里留下了一生的抒情——
没有最好的他乡
也没有最坏的故乡
从离开到折返
已是一生的距离

用尽了那些出发——
启程、告别、逃离、抛弃
只为相信,年轻时都有幸福的道路
找到了他乡
也找到了故乡
如此迷人,就不必热泪盈眶

既然是旅途
所有的行程便是归程

跟着自己的影子
一切的过去就停歇不前
而怀念会倏忽而至
仿佛睡梦中
遇见了闪耀的星光

（作于 2020 年 6 月 9 日）

那些红色紫色的伤口

我对身体所受过伤痛的记忆
常带有颜色——
红色的，紫色的
像两朵花儿的生动

穷人孩子早当家的我
身体受伤总特别的多
处理伤口依靠的是
家里仅有的红药水、紫药水等简单药品
除非特别严重
才可能到医院治疗一下

那些红药水、紫药水
阻止不了伤口的感染
发炎、流脓、溃烂、愈合、伤疤……
慢慢地习以为常
慢慢地，伤疤模糊
直到后来发现
每次受伤，皮肤上的疤痕不会留存太久

从此，我似乎对红药水、紫药水的功效
产生某种迷恋和盲目信任
今天家里备用药箱里
仍存有它们的位置

每当妻子面对我和女儿身上
红一块紫一块而生气时
我会得意地回应——
"你能够在我身上找到疤痕吗?"

自愈,好像是一种最强大的药物

(作于 2020 年 6 月 15 日)

缓慢的遗址

用尽了过多的时间
终才明白——
当我身处海岸
为何如此虔诚

全都是山
仿佛被海水所囚禁
逼迫着，中断了所有出路——
它，蜿蜒、起伏、瘦弱和不屈
没有高大与茁壮的树木
连小灌丛也稀疏零散
褐色岩石的花朵随处开放
一切都是缓慢的痕迹
一切都是本来的容颜
荒寒、单调却生动不已

单调而生动的更是海
这个巨大的时间之钟
散发出蔚蓝的时间芳香
风的吹拂，海水的摇晃
云朵的燃烧，甚至鸟的飞翔
同样缓慢和枯燥，却巨大
天空把太阳这旧的行李箱
提起，又放下

此时的我，也是缓慢与安详

海岸的深远与恒久、慈悲与凌厉

让我迷恋又深怀畏惧

也许一切美好或忧伤的事物

都是缓慢的

我应该学会，向它们

表达足够的敬意

（作于 2020 年 6 月 21 日）

那一片星辰

渐渐地，不再为它发呆
它也不是旧时的模样
从前攀爬它的梯子
已不知遗落在哪里

后来知道
萤火虫飞得再高
也不会成为星星
就算独自坐上那只小船
对幸福，也是一无所知

无法辨认的，是昨夜的星辰
大地依然陈旧
而星辰每天仿佛都是新的
像时间的泽国
一片沸腾，万种声响
熬出了命运的药片

至于星星的周围
有无尽的灰蓝
巨大的美，安详
可那不是人间
它的合适高度
可以安放夙愿

如果是怀念
却已不值得再去哀悼

（作于 2020 年 7 月 1 日）

错 觉

到后来的时候
相信，大地行于风中
风没有岸
船一般的大地
驶不上风的前面
我强劲的双腿
撑住，摇晃着的道路
——把风经过

相信，季节虚构风的纪念碑
我没有看见，哪一只鸟
能为天空停留，哪一个春天
证明过蜜蜂的幸福
我看见的风，已不是时间
一种没有生活的生活
所有的漂泊是永远的家
所有的怀念永远是记忆

当灵魂不再眺望风
风将凝固
路已结尾，我可以慢走
看风消失于我，我捡拾它遗落的羽毛
像看夜空盛放的烟花
它置身光明之中，吸收了黑暗

（作于 2020 年 7 月 19 日）